GWYDION
A'R SIOE
GWRTHOD-MYND-I'R-GWELY

Mark Sperring

*

Sarah Warburton

Addasiad Meinir Wyn Edwards

Gomer

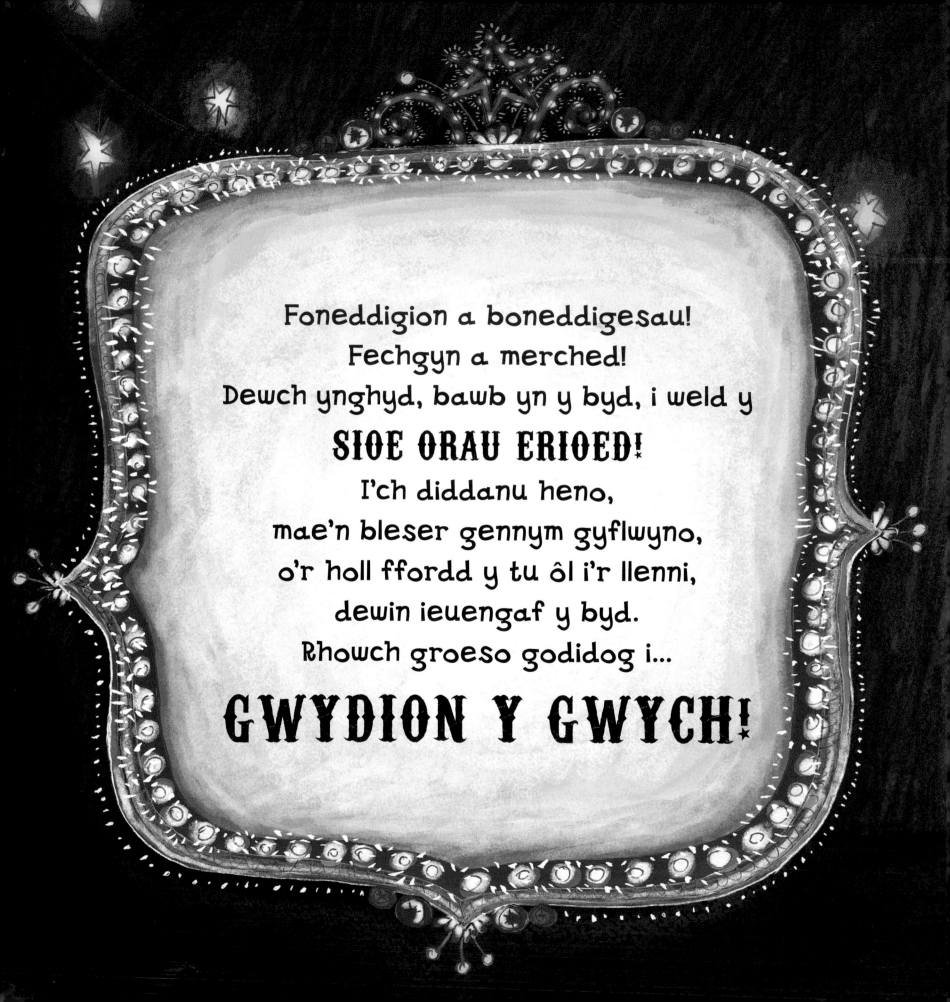

Foneddigion a boneddigesau!
Fechgyn a merched!
Dewch ynghyd, bawb yn y byd, i weld y
SIOE ORAU ERIOED!
I'ch diddanu heno,
mae'n bleser gennym gyflwyno,
o'r holl ffordd y tu ôl i'r llenni,
dewin ieuengaf y byd.
Rhowch groeso godidog i...
GWYDION Y GWYCH!

CURWCH
Y DRWM!

Heno, cawn ein rhyfeddu a'n syfrdanu gan y byd-enwog, a'r peryglus

SIOE GOHIRIO AMSER GWELY MOR HIR Â PHOSIB!

Tric cyntaf Gwydion y Gwych fydd gwneud
i un llond cwpan o laeth ac un fisgïen gyfan
ddiflannu o flaen ein llygaid...

y... n a... r... a... f b... a... ch...

A... b... r... a... c... a... d... a... b... r... a!

Gawn ni dawelwch, os gwelwch yn dda?
Tric nesaf Gwydion fydd

DOFI BWYSTFIL CREULONAF Y BYD.

Mot yw enw'r bwystfil creulon.
(Mae Mot wrth ei fodd yn mynd am dro
yn y parc, cael ei gosi y tu ôl i'w glustiau
a chnoi hen sliperi.)

Paid gwrando 'te!

Ych-a-fi!

'Paid, Mot!'

Mae'r sws nos da mawr, gwlyb
yn golygu un peth yn unig...

AMSER GWELY!
Mae Gwydion y Gwych yn cael
ei arwain i fyny grisiau gwae.
Does bosib ei bod hi'n amser gwely?
Dyw Gwydion ddim wedi blino o gwbwl!

Amser am un tric arall...

Nac ydy, siŵr! Mae e yn y stafell ymolchi
yn brwsio'i ddannedd!

Am sioe RAGOROL!

Am olygfa DDISGLAIR!

Ac yn awr, byddwch yn barod i gael eich SYNNU a'ch SYFRDANU.

Dyma dric anghyffredin iawn –

PYJAMAS SY'N HOFRAN.

Gall Gwydion hudo ei byjamas i godi o'r gadair, i hofran ar draws y stafell ac yna (a dyma'r tric anoddaf i gyd), bydd yn ceisio eu gwisgo amdano!

Gynulleidfa annwyl, dyma rybudd: Gall y gamp hon gymryd hyd at hanner awr i'w chyflawni...

Ond nid heno, diolch byth!

TA DA!

Dydy'r sioe ddim ar ben, gyfeillion.
Mae mwy o gyffro i ddod...

Dyma Gwydion yn tynnu cwningen
fach o rywle dan y gwely.

BRAVO!

Ac arth las o'r cwpwrdd dillad.

HWRê!

A'i hoff racŵn streipiog o'r bocs teganau.

ENCORE!

Nesa, wrth i Gwydion y Gwych gropian i'r gwely,
mae'n ceisio cyflawni camp amhosib!

Foneddigion a boneddigesau,
fechgyn a merched,
dyma gyngor doeth i bawb – da chi,

PEiDIWCH

gwneud hyn gartre...

Mae Gwydion yn gofyn am ddeg – ie, DEG! – stori.

(Mae ei fam yn fodlon
darllen dwy iddo.)

Rhaid i ni nawr bylu'r goleuadau
a chael tawelwch llethol. Sh!
Gadewch i ni adael y stafell ar
flaenau ein traed a rhoi llonydd
i'n dewin bach, blinedig.

Diolch, foneddigion
a boneddigesau.
Nos da, blant.

Mae angen cwsg
ar Gwydion y Gwych
Wedi'r cyfan...

...pwy a ŵyr pa driciau fydd ganddo fory?

I Harry (Mágico Chico!) – MS
Cytuno – SW

Cyhoeddwyd gyntaf ym Mhrydain yn 2013 gan Harper Collins Children's Books
Cyhoeddwyd gyntaf yng Nghymru yn 2014 gan Wasg Gomer, Llandysul, Ceredigion, SA44 4JL www.gomer.co.uk

ISBN: 978 1 84851 850 6

©y testun gwreiddiol © Mark Sperring, 2013

©y lluniau © Sarah Warburton, 2013

©y testun Cymraeg © Meinir Wyn Edwards, 2014

Argraffwyd yn China